句集

栞《しおり》

朔出版

SHIORI
Hisako Sugiyama

杉山久子

句集 栞 目次

装幀　水戸部 功

句集　栞

I

稲積むや猫の寝息のかたはらに

ブルーインクの言葉満ちゆく淑気かな

双六のジブラルタルを渡りけり

三日月の小さし白鳥つらなり来

冬星につなぎとめたき小舟あり

オリオンやたたみて尖るオブラート

みづかきの名残り冬日にかざしけり

産道を一度通りて冬麗へ

ジブリアニメのヒロインのごと冬木立つ

冬星や不幸の手紙いまいづこ

花らしきものの浮かびくる青写真

くつさめの君と呼ばれて係長
足裏にカイロかたまりつつ歩く

スケートや加速するときうごく鼻

冬たんぽぽ人影あはきティールーム

雪匂ふ馬体でありし記憶ごと
青空へ冬木の黙を還しやる

やらふ鬼もうゐず福の豆余す

寒明けや光の玉の塩むすび

靴の先とんとんとんと春来たる

雨あかるし鶯餅は尾をそろへ

保育器にかほを寄せ合ふ桃の昼

しやぼん玉息もろともにかがやくよ

陽炎や花のごと盛る牛の舌

動物園に珍獣われらかぎろへり

伏せてある舟に鳥立つ桜東風

伯母は

満開の花ふところへ発たれけり

赤福のたひらなへらもあたたかし

春の灯に卵茹でつつ今日終はる

蝌蚪散るやツァラトゥストラかく舌を噛み

花屑の中より鮒の釣られけり

花過ぎの母浮橋の真ん中に

中年と気づく筍山に雨

アンケート用紙みづいろ夏兆す

猫の顔小さく固まる半夏生

うら若き気象予報士夏痩せて

傷痕を見せられダリアいよよダリア

くつくつと兎もの喰ふ暑さかな

四肢絡ませてががんぼの死のかたち

地球一周して辿りつくキャベツの芯

蛇衣を脱ぐリモコンのあふれやう

何か言ふ老人の歯を網戸越し

空蟬のまはりの砂の粒立ちて
白玉をすくひ本心さぐり合ふ

夏風邪や倒れやすくて空気入れ

向日葵に眸のあらば豹のごと

欠番のハマヒルガオとして揺るる

線香花火して遺言に猫のこと

雨男らし白桃を提げ来たる
利かん気の人を遠目に猫じやらし

ラ・フランスよりもつめたき膝頭

ロボットの手を拭いてやる秋灯下

芋虫に芋の力のみなぎりて
黒髪と白髪せめぎ合ふ秋夜

灯火親しむ犯人役の長台詞

秋の夜のとなりにゐたる「名無しさん」

ダメ出しの声のりんりん冬木の芽

水湊や他の星の人おもふとき

少女うつむくセーターの袖長く

魚の眼みなこちら向く寒さかな

すれちがふ蛍光色に着ぶくれて
かまいたち過ぎるドライブレコーダー

柊の花よかそけき反戦歌

冬萌の日差しに並べ読む楽譜

方舟に乗せたき鶴として眺む

Ⅱ

産みたての卵雪降る街に買ふ

新雪やむかし切符のかたかりし

緑濃きオリーブオイル日脚伸ぶ

薄氷やホワイトハウストイハウス

風船をもらひしよりの手の弾み

春風のどこへも行ける太郎冠者

猫カフェにさはるなの猫春寒し

白梅も墓群もながれ去る車窓

三・一一鳥を散らして空まばゆし
日の本の蒲公英なるよ日を抱き

性愛の描写うつすら桃の花

菱餅の鉄壁といふかたちなり

鳥帰るこの世の雫こぼしつつ
蘖やひかりて過ぐる子らの声

拝復の文字の大きく春の月

着ぐるみを脱ぐ囀のかたすみに

地虫出づサプリメントにあやしき名

かはうその濡れて嚙み合ふ花の昼

旅に買ふビニール傘に透く新樹

雨音は遠しスープに散るパセリ

蜻蛉生るコンクリートの壁摑み

川風や生れし蜻蛉の尾に雫

螢火に照らされてゐるピンヒール

梅雨の蚊のわが血重しとのぼりゆく

起し絵に俯く女反る女

島唄のとぎれとぎれや髪洗ふ

梅酒澄む未生の言葉待ちをれば

ががんぼのせまる洛中洛外図

黒牛の眼に夏風邪の我映る

死へ向かふけふもゴーヤの蔓ながめ

こほろぎや分析室のほのあかり

無月なり家族の茶碗重ねつつ

台風の来さうな夜のうなぎパイ

木の実降るきゆるきゆるきゆるきゆるとモルモット

小鳥来る中也の墓のそばに川

旅の荷に跳ねて蝗のもう見えぬ

アルバムの中のゆふぐれ菊膾

句友Kさん通夜

木犀の香にふりむかれゐしかとも

無患子の実を分け合うて風の中

イワシショー果てて秋思のごときもの

マンホール図面広げる星月夜

月の夜を少女のやうな車掌さん

満州の秋を憶えてゐる遺髪

人類のはじめと終はりしぐれけり

冬虹や言葉とらへぬ父の耳

数へ日のとぐろ巻きたるトラロープ

狐火の内の緑を妄信す

風花も汽笛も猫をとほりすぎ
あなたの眼ゆふべは鯨に似てゐたのに

Ⅲ

笹鳴や惑星の水にごりそめ

水鳥のまぶたあかりにねむりたし

荒星や台本の余白に一句

凍てながら呟く叫ぶイイネイイネ

病めるときも健やかなるときも冬木

弔ひをかさねおでんの灯に集ふ

新体操のリボンただよひつつ春へ

マンホールの蓋に鳥の絵あたたかし

草萌ゆる三連休のすぐ過ぎて
お使ひの子を座らせる雛の前

啓蟄や小籠包のみどり透け

スカートの楕円にまはる鳥の恋

初蝶やふつとはづめる三連符

かけがへのない日水雲を食べてゐる

日の色にバター溶け出す初音かな

ミニーマウスの睫毛は長し春の風邪

燕来る紺の袴にスニーカー

春の山登つてみれば古墳なり

階段をみしみしいはせ花衣

鳩の眼の集まつてくる霾晦

春昼の欠伸をくれて知らぬ人

消灯ののちの会話よあたたかし

広島に人待たせたる残花かな

花の世の葛菓子いとけなき甘さ

亀鳴くや死の話のち湯の話

遠雷や酔つてゐますといふ電話

平凡を恋ひ豆飯を大盛に

薔薇に雨スマートフォンに知る訃報

鱧喰うて決心を先延ばしにす

白南風や流木をもて描く○

幽霊のために買ひきし冷奴

運ぶ蟻運ばぬ蟻と鳴き交はし

傘の軸野に捨ててある我鬼忌かな

殺されし牛を食みゐる汗の顔
羅の足はリズムをきざみをり

空蟬のかかげしままの爪に泥

通夜の席一周したる団扇かな

玉子ゆがいて台風の目は愉し
焚かれつつ竹ぽんと鳴る良夜かな

月の座のひとりにひとつ金平糖

爪は母似でありしと気づく暮の秋

猫の顔映してゆらぐ露の玉

栗飯にまだ日の匂ひのこる栗

鵙猛るミルクの膜をぬぐふとき
回覧板とどけ猫じやらしと帰る

時雨忌や欠席投句かさねつつ

着ぶくれて番号順に並びをり

枇杷咲いて喉にはりつく粉薬
小雪とつぶやいてみて白湯に波

十二月八日盥の底に傷

避けてゐし話題におよぶ牡丹鍋

くちびるに消ゆるコトノハ昼の雪

冬天へひらく投網のひかりかな

革命前夜たてがみにふりつもる雪

Ⅳ

竹馬に乗れなくなつてゐたるとは

牛日の既読スルーをながめをり

寒晴やリハビリルーム硝子張

嘴を持たざるものとして凍つる

春寒やデモの画像に人倒れ

てふてふのてふのかさなりつつのぼる

草の芽や猫の名入るるパスワード

口笛の着信音よ燕来る

倒立のたちまち崩れ春の草

花種を蒔き人の名を忘れゆく

三鬼忌のハズキルーペをかけなほし

風船ガム鼻に割れたる遅日かな

眼鏡拭く朝の桜を映しつつ

夕映や三つ葉の茎を蝶結び

またゝきのたびに桜の冷えまさり

山羊の乳燦と泡立つ桜かな

青き踏むこの齢にして背の伸びて

サドルより浮きたるお尻豆の花

降りてくる闇立ち上がる白牡丹

脈を診てもらふ羽蟻をながめつつ

しなやかにすすむ清拭南風

猫留守のクリーニング屋緑さす

涼しさや星置といふ駅を過ぎ

ノートちぎつて始まる句会明易し

短夜のスワンボートに羽音あり

縦に折る投票用紙蟬時雨

終電に開ける予祝の缶麦酒

汗の手に殺虫剤の「殺」光る

侃侃諤諤読書会果てソーダ水

写楽見て軆しやぶに舌焼かれけり

病室にとどく封書や白木槿
あかつきの声明に散る露の玉

病む秋の泡のごとくに日の過ぎて

秋思ごと飲んでカプセル内視鏡

穴惑ひ惑へる腹の薄縹

さて次は何に取り付く葛かづら

血を貰ひ血を採られ秋深みゆく

いつぽんの管の躰の秋惜しむ

冬鳥やフルートを音ひかり出づ

ボール紙の羽根ずり落ちる聖夜劇

セーターの犬を抱くセーターの人

冬麗や古事記の神の破天荒

V

去年今年貫きおでん煮てゐます

新人類とかつて呼ばれし日向ぼこ

雪はたそがれ子供心といふこゝろ

雪片のああこんなにもかさならぬ

雪降れよゆふぐれの雪アヴェ・マリア

命名の半紙さゆらぐ雪あかり

スケボーの青き板裏風光る

瞼打つ胸打つ春の霰かな

バースデイカードひらけば春の星

蛙鳴くフェイクニュースに真実味

鳥帰るつまづく我を置き去りに

辛夷咲くひかりコーラス部のしづか

産卵の涙を吸ひし春の砂

確定申告終はる蝌蚪の紐伸びる

春暁やわが消化管さくらいろ

しろがねの芽吹きはるかに三分粥

点滴の一灯一灯春深し

背をさすりくるる手ぬくし春の夢

水草生ふ猫の命日ついと過ぎ

蝶の羽音蜂の足音ブラインド

行き違ひ列車に知人花ぐもり

亀鳴くや三千年の禁固刑

アマビエの眼尖れる立夏かな

はつなつの四色ボールペンかちかち

藻の花へスマートフォンに荒れし眼を

いつかする旅を語りてソーダ水

優曇華や黒塗りの書を透かし見て
あかつきの草の香満ちて鎌涼し

白きもの蟻にはこばれつつもがく

蟻の餌となりもがきつつ光りつつ

遠泳と永遠のはざまに浮かぶ

白靴の駆け入るミナトベーカリー

ゴム紐の波打つてゐる夏帽子

菩薩見て不動明王見てラムネ

夏帯の軽さの道に迷ひけり

昼寝より覚め匿名のひしめく世

後の世へ踊り絶やさず祈り絶やさず

メレンゲの角のかがやき涼新た

南瓜煮る火星の水を思ひつつ

雁渡る白封筒に生活費

流星や草に隠れし猫の墓

蜻蛉群る翅に夕日の金たたへ

じやがいもに小鬼の角のごとくに芽
きりぎしの月光を吸ひつくしたる

芭蕉吹き揺らしドクターヘリ離陸

鼯飛んでこんなところに曾良の墓

月天心叱つてくる子のなくて

霧去りぬ獣らの睫毛をぬらし

末枯やヌード写真に黒き猫

マスクなき顔にをののく近松忌

着ぶくれて感染者数確認す

宇宙船に地球の影やクリスマス

水鳥の諍ふ羽の瑠璃立たせ
剣呑な一羽が鴨の群の中

はぐれたる綿虫に名をつけてやろ

数へ日や腹立つと腹減るならひ

VI

餅花の下うたたねの女の子

フリースの人ばかりなり初電車

しばらくは雪に置かるる湖の魚
身の内になほ雪吊の縄のゆれ

雪だるま泣きだしさうな笑顔なり

ご飯炊きたて雪積もりたて

拝啓と書きて眼つむる寒の雨

コンと啼く祖母よ吹雪はあたたかい

ピンぼけの一日暮れゆく蕪蒸

水鳥を映して閉づる鏡かな

鳥雲に時短営業始め〼

芽柳や大人もすなる肘タッチ

蜜蜂の眠りを暗き雲過ぎる
消毒に荒るる指先春の星

初花やしづかに針鼠

死魚つかむ手のやはらかし夕桜

狩衣の人のマスクや陽炎へり

夢殿を出でくる桜吹雪かな

ふらここや双子のひとりふりかへり

珠となる涙あたたか百千鳥

囀にするどき舌の記憶あり

蜜吸ふを見られしよりの春愁

通勤に交じる旅人うららけし

アクリル板へだてて春を惜しむなり

水の玉地球と呼ばれゐし朧

花冷の手に食ひ込める紙の紐

春の菜の鳥に啄まれて青し

春深し象舎にもどる象の影

焰とす春の岬に立つ写真

蝸牛をさなき渦のうすみどり

雨音の奥に風音蕗を煮る

アイスコーヒーまたこの人に叱られて
ごきぶりを容れて視界といふがあり

蜘蛛黒く太りたる嵌め殺し窓

蜜豆に映る昼の灯モダンジャズ

黒揚羽鋭き光もてあひふれず

三度めのカーテンコール百合ひらく

高々と蟻に曳かるるものは脚

汗の人汗の人へと手を伸ばす

蠅のごと剽窃の者寄り来たる

竹伸びてどうにもかうにも大暑

秋の灯や番号告げて買ふ煙草

澄む水にもはや映らぬ人となり

こつとんと月見の舟のすれちがふ

月光の藻をくぐりきし櫂ひらり

色鳥やフォーク光らせ巻くパスタ

眠さうに馬曳かれゆく秋祭

行列の先は食パン日短

時雨忌の路地ゆく猫よふりむくな

瓦蕎麦ぱりり一葉忌が近し
迫り来る鴨のかほふと昏みたる

穴といふ穴の凍れる日の来たり

電飾の樹々に照らされ悴めり
北風に向かふ背骨を立てなほし

腹割つて話すつもりの蜜柑かな

白鳥のまどろみながらまはりをり

金色を抱き木蓮の冬芽あり

柚子湯出て皇室ニュースちらと見る

同時代生きてくれたる海鼠に酢

Ⅶ

去年今年マスクの内に息かさね

人の日を毛羽立ちて不織布マスク

放られし黒き塊へ粉雪

肉・皮・毛振り分けられて雪の上

腸を展げて雪の上真赤

いちめんの雪いちめんの若き星

病室に息する母よ冬の月

留守電も使へぬ父よ冬の星

悴みて指紋認証顔認証

フライパンに泡立つバター山眠る

臘梅の花びら硬く日をかかげ

詩につどふ人にあざむかれし余寒

春雪や讃美歌の高音震へ

帽子より鳩よ兎よ春風よ

ちぎれては雲のかがやく蕗の薹

「特養」の検索履歴かぎろへり

度の合はぬ眼鏡ばかりや養花天

うららかや最後はぱふとマヨネーズ

鳥雲に帽子ケースの中真青

ハンドルに遊びがありて豆の花

月面農場春を育ててをるらしい

花の夜をうつぶせに寝て覚めやすし

学食のカレーさらさら燕来る

泣く母を包みてとほき桜かな

船酔ののこるからだに蝶の影

熱の眼に桜あふるるあふるる光

苗札の隅にちひさく女の名

鶏小屋にあかるきところ菜種梅雨

囀や付箋の先のそよぎつつ

部下持たぬ生涯しゃぼん玉るるる

黒山羊の足首白し夏はじめ

麦秋やかかへて戻る風呂の蓋

衣更へて雨音ひびく躰かな

先生の寝顔がそばに朴の花

草原となりしみづうみ星涼し

軋みつつ世界は翳る黒揚羽

かぷかぷと鯉の口来る芒種かな

鯵買うてジーンズの穴褒めらるる

父の日の父をうろうろさせておく

刈れば鳴るごとくに匂ひ十薬は

黒黴を殺す手立てを検索す
その人に鹿の面影明易し

花びらに一脚かけて水馬

泣かされし記憶水着に赤き花

光追ふ飛魚の背につかまつて

匙の柄に金の鳥ゐる昼寝覚

涼しさやピクトグラムに人溺れ

自転車で来て素麺をおかはりす

舟虫の失せて亡ぶる都かな

セイジョウナ体温セイジョウナ穴惑ひ

触診の医師のうなづく白露かな

鳩の子の目玉の黒し秋の風

遺りたる指紋も失せて桐は実に

旧館の鏡は厚し秋の雷

たてがみのしろがねを露こぼれけり

亡き人の名刺しづかや吾亦紅

三日月を栞としたるこの世かな

能面に怨の兆せる櫨紅葉

ドローンに見下ろされゐる秋思かな

留学生らし団栗を蹴る遊び

新小豆買うて日帰り旅終はる

校了の夜や金柑の手に点り

芋の露地に吸はせもう考へぬ

冬立つと栞紐付き文庫本

凩や夢と悟りて夢の中

枯れ尽くし絡み尽くせしものに日矢

鯛焼の腹をこぼれし餡よ惜し

個人番号振られて白き息吐きぬ

聖樹の灯人待つ人を照らしをり

煮凝の奥にゆらぎて魚の眼

ミサイルが来る風呂吹に箸の穴

葱を抜く地の冷えほつと空へ抜け

図書館に寝る人多し冬菫

雪眺む同門といふやすらぎに
待春やうどんに絡む卵の黄

句集　栞　畢

あとがき

時々「俳句信条」なるものを求められることがあるが、言葉に窮する。特に信条のようなものもなく、過ぎてゆく日常に栞をはさむように句を作っているのかもしれないと、少し前から感じるようになった。そんな心持ちから、この句集を「栞」と名付けてみた。

およそ二〇一五年から二〇二二年にかけて詠んだ句を並べた。

この間、世界を覆いつくした疫病とも日常の中で折り合いをつけつつ、従来からの句会に加え、初心者の方たちと始めた句会も四年目に入った。言葉を得て、あるいは得られずに、言葉と向き合おうとする姿に一番励まされたのは私かもしれない。

オンラインなどの句会にも助けられたが、それらを経験した後に直接会って場を共有した時の感動は忘れられない。言葉にならないけれど言葉を取り巻くもの、言葉と言葉のあわいにあるものの輝きも、ともに受け取り、味わってゆきたいと思うようになった。

そして、その日は突然やって来た。この句集の初校ゲラと同時に届いたのは、師である黒田杏子先生の訃報。あまりに突然のことで、途方に暮れた。

先 生 の 寝 顔 が そ ば に 朴 の 花

句集の後ろの方に入れたこの句は時間的にいうと約三十年前の作。先生の他界を予見していたわけでは全くないが、なぜかこの句を入れたいと思った。「藍生」のロングラン吟行「西国三十三ケ所観音霊場吟行」に時々参加していた。これは、第二十八番札所成相寺での吟行の時のこと。前泊するために乗った特急の指定席でたまたま先生と隣り合わせになった。前の席には「藍生」の先輩である新田久子さんと岩井久美恵さん。四人で席を向かい合わせにして喋った後、ふっと眠りに入っていかれた先生。先生が凭れる車窓を夕立が通り過ぎ、夏の日差しが通り過ぎた。

取り残されてみて改めて師の巨きさ、己のよるべなさを強く感じる。ずいぶん好き勝手なことをする不肖の弟子だったが、私なりのやり方でこれからも俳句に関わり続けてゆくことが、先生への恩返しのほんの一部になるかもしれないと今は思う。

今回装幀を引き受けてくださった水戸部功さんは、杏子先生の句集やエッセイ集の装幀を手掛けてこられた菊地信義氏の愛弟子。ここにも師の恩とありがたいご縁を感じずにはいられない。

朔出版の鈴木忍さんには、このような心落ち着かない日々に、適切な助言と心温まる励ましをいただきながら、寄り添ってくださったことに心より感謝している。

句座をともにする仲間はもちろんだが、句座を離れてもずっと見守りつづけてくれる句友や、俳句とは関係のない多くの人々の温かい眼差しの中にいて、私は今日も栞をはさむことが出来る。

二〇二三年　花の頃

杉山久子

著者略歴

杉山久子（すぎやま　ひさこ）

1966年　山口県長門市生まれ

1989年　作句開始

1990年　「星」入会（のち退会）

　　　　「藍生」入会

1997年　第 3 回藍生新人賞受賞

2006年　第 2 回芝不器男俳句新人賞受賞

2013年　第64回山口県芸術文化振興奨励賞受賞

2016年　句集『泉』により第1回姨捨俳句大賞受賞

2017年　第12回藍生賞受賞

「藍生」「いつき組」所属

句集『春の柩』『鳥と歩く』『泉』『猫の句も借りたい』（猫句集）

紀行文集『行かねばなるまい』

共著『超新撰21』

俳人協会会員

現住所　〒754-0897　山口県山口市嘉川5154-15

句集　栞《しおり》

2023年9月1日　初版発行

著　者　　杉山久子

発行者　　鈴木　忍

発行所　　株式会社 朔《さく》出版
〒173-0021　東京都板橋区弥生町49-12-501
電話　03-5926-4386　　振替　00140-0-673315
https://saku-pub.com　E-mail　info@saku-pub.com
印刷製本　　中央精版印刷株式会社

ISBN978-4-908978-91-3　C0092　￥2600E